HENRI CANTEL

SON MOUCHOIR

POÉME GALANT

PARIS

ACHILLE FAURE ET Cie, LIBRAIRES-ÉDITEURS

18, RUE DAUPHINE, 18

1868

SON MOUCHOIR

HENRI CANTEL

SON MOUCHOIR

POÉME GALANT

PARIS

ACHILLE FAURE et Cⁱᵉ, LIBRAIRES-ÉDITEURS

18, RUE DAUPHINE, 18

—

1863

AVERTISSEMENT

A M. ACHILLE FAURE

Vous le savez, mon cher éditeur, un de mes amis, habile écrivain et très-expert en galanterie, m'avait promis un bout de préface, dont il devait orner ce petit poëme, comme on peint sur la porte d'un cabaret de village une enseigne joyeuse qui engage les voyageurs et les passants à y entrer. Mais il paraît que mon ami est paresseux ou que, cette année, à cause de la disette littéraire, l'esprit ne se donne pas pour rien et se vend fort cher. Je suis donc réduit, à mon grand regret, à parler moi-même de moi, ce qui gênerait un peu ma modestie, si j'en avais ou si l'on lisait les préfaces. Qu'ai-je à dire? pas grand' chose, en somme ; pourtant, je ne voudrais pas voir le public se tromper sur l'œuvre que je lui présente en tout bien, tout honneur.

Ce livre, qu'un coup de vent emporterait, n'a aucune prétention, sinon de n'être pas trop ennuyeux. De tout temps, on a beaucoup calomnié les vers, qui portent la peine des rimeurs à la douzaine ; mais vous, mon cher éditeur, vous avez du flair pour ceux qui ont une odeur de jeunesse et de printemps. Du reste, ce poëme galant n'a été écrit que pour le plaisir de l'auteur, de vous et de ceux qui le trouveront amusant.

Le canevas en est d'une ténuité qui me vaudra quelques horions des critiques vulgairement dits sérieux ; pour le poëte, il n'a été qu'une occasion de broder presque au hasard, dans le ton familier, des fleurs odorantes ou non, ici des causeries poétiques,

là des divagations de philosophe épicurien, à la façon
de *Namouna*, que je n'ai pas imité.

Quoi qu'il en soit, si l'on trouve à blâmer mes ga-
lanteries de haute morale, qu'on adresse des repro-
ches à Gilbert, mon héros, dont voici les opinions
littéraires : il espère, par ce temps où les écrivains
ont dans leur style des légèretés d'ours et des grâces
de chien savant, que peut-être on peut me lire sans
poudre de riz et sans éventail.

Henri CANTEL.

Paris, 1er janvier 1868.

AU LECTEUR

Lecteur, cette petite histoire,

Trop légère, s'il faut en croire

Les mécontents,

N'est qu'un frivole badinage.

Un mien ami, devenu sage

Avant le temps,

Prend du plaisir à la relire;

Une dévote en osa rire

Au coin du feu.

Si j'ai (pardonnez-moi, madame)

De votre cœur ou de votre âme

Médit un peu,

C'est sans colère et sans malice.

La rime est parfois un supplice

Pour le rimeur ;

Mais, madame, je vous en prie,

Écoutez sous la raillerie

Le bruit du cœur.

SON MOUCHOIR

SON MOUCHOIR

Tout cheval est beau, quand la jeunesse
monte et que la folie le guide.
SHAKSPEARE, *Comme il vous plaira.*

I

A quelque arbre que pende un plaisir, je le cueille,
J'aime à le rencontrer, mais sans l'avoir cherché ;
Il me plaît d'être heureux sans qu'un autre le veuille,
Et, qu'on n'en sache rien, je n'en suis point fâché.
Un plaisir attendu peut perdre son mérite,
Comme un fruit de l'été gardé pour les hivers ;
Or, dès le fruit cueilli, je le mange bien vite,
Sans attendre qu'il soit la pâture des vers.

On a si peu de temps à perdre sur la terre,

Et le soir de la vie est si près du matin !

Jetons vite des fleurs sur l'humaine misère ;

Aujourd'hui nous vivons ; où serons-nous demain ?

II

Le travail est contraire à mes nerfs, à ma bile ;

Je suis très-paresseux ; ce n'est pas un défaut,

Puisque c'est naturel, mais le point difficile

Est d'en user ni plus ni moins qu'il ne le faut.

Vous est-il arrivé, lorsque souffle la bise,

De défier l'hiver au coin de votre feu ?

Si quelque belle fille, entrevue à l'église,

Au bal, on ne sait où, chez le diable ou chez dieu,

Vous revient en mémoire, ou pieuse ou parée,

On la voit, on lui parle, on s'en croit amoureux,

On lui dit qu'on l'adore ou qu'on l'eût adorée,

On lui presse la main, on est vraiment heureux ;

- uis, lorsqu'on veut baiser son sourire à sa bouche,

Un tison sans pitié dans l'âtre fait du bruit,

Et, pareille à l'oiseau qu'une feuille effarouche,

La vision a peur, lève l'aile et s'enfuit.

L'imagination se remet en voyage...

J'erre d'un pied léger sous les hauts arbres verts,

J'écoute le printemps qui court dans le feuillage,

Et la brise, ô Chénier, me murmure tes vers.

Les champs sont déjà loin ; vient une autre chimère !

Ma jeunesse est allée, hélas ! je ne sais où ;

Mes cheveux sont de neige, et me voilà grand-père :

Des enfants bruns et blonds dansent sur mon genou.

Un instant fatigué du travail de la vie,

Je veux mourir, j'assiste à mon enterrement,

Et, comptant les regrets dont ma perte est suivie,

Je vois mes héritiers se désoler gaîment.

Dégoûté d'être mort sitôt, je ressuscite

Pour les faire enrager ; je me frotte les yeux,

Je me tâte le pouls, je me retrouve, et vite

J'essaye entre mes dents quelque refrain joyeux.

Parfois, sentant renaître en moi la poésie,

Je cisèle avec art les contours d'un sonnet,

Léger vase où, les pieds dans l'eau, ma fantaisie

Laisse s'épanouir les fleurs de son bouquet.

Respirez celui-ci, qu'en un soir de sagesse

J'ai cueilli par hasard, presque sans y songer ;

Qui n'a pas rencontré des heures de tristesse,

Où l'esprit se révolte et veut tout saccager ?

On sait que ce bas monde est triste et misérable,

Que de son cœur chacun de nous est le martyr,

Et que la vie humaine est un désert de sable,

Désert sans oasis, d'où l'on voudrait partir.

On s'assied en pleurant sur le bord de sa route,

Sans savoir ce qu'on aime et ce qu'on aimera ;

Nos sentiments sont comme une armée en déroute...

Mais voici mon sonnet, qu'on me pardonnera ·

> « Puisque la femme est infidèle,
>
> Que son cœur est une hirondelle,
>
> Qui part et brise d'un coup d'aile
>
> Le nid de ses amours ;

> Sans nous donner des airs moroses,
>
> N'aimons rien, aimons toutes choses,
>
> Butinons lis, verveine et roses,
>
> Qui verdissent toujours,

Aux corolles brunes ou blondes

Laissons nos lèvres vagabondes

Courir et s'embraser,

Et nos cœurs, lascives abeilles,

Faire mourir les fleurs vermeilles

Sous le dard du baiser. »

J'entrevois une idée, et l'idée indécise

Esquisse vaguement son fugitif profil,

Va, vient, s'enfuit, s'élance, et gambade et se brise,

Comme un polichinelle attaché par un fil.

Bientôt elle s'approche avec crainte, s'arrête,

Me regarde longtemps, tombe dans l'encrier ;

Dès qu'elle est là-dedans, facile est sa conquête :

Tous ses traits reparus vivent sur mon papier.

Les pincettes en main, je taquine la cendre,

En cherchant une rime, et, plus d'une heure, il faut

Dans ma pauvre cervelle et monter et descendre,

Pour mettre au bout d'un vers bien peu de chose, un mot!

Mais, après les détours de ma longue odyssée,

Presque las d'un effort trop de fois répété,

2.

Dans une rêverie égarant ma pensée,

Je bois à petits coups une tasse de thé.

Mon feu flambe toujours. On dirait qu'il respire,

Qu'il vit, qu'il me regarde et qu'il entend ma voix :

Il semble tour à tour et pleurer et sourire,

Et nous causons tous deux des choses d'autrefois.

Dans un ample fauteuil dorlotant ma paresse,

Je suis, d'un œil distrait, les flammes du foyer ;

Je songe à tout, à rien : il est, sans qu'il paraisse,

Doux de se souvenir, doux aussi d'oublier !

J'agace maint tison qui petille et se fâche ;

Prêtant l'oreille au vent qui hurle dans les airs,

Qui contre mes carreaux bat de l'aile, et qui tâche

De frayer un passage au souffle des hivers,

Je fume lentement. Maîtresse accoutumée,

Ma pipe me caresse et m'ôte le souci :

Le bonheur, après tout, qu'est-ce ? de la fumée ;

Et je fume, et je rêve, et la vie est ainsi !

Et ces sommeils légers, où l'âme veille encore,

Où l'on se sent dormir, qui ne les a goûtés ?

C'est un plaisir divin. Quiconque les ignore

N'est pas maître-passé dans l'art des voluptés.

Vous n'avez jamais su ce que vaut la paresse,

O vous qui travaillez du matin jusqu'au soir,

Tristes dans le bonheur, pauvres dans la richesse,

Esclaves du tyran qu'on nomme le devoir !

Est-ce vivre, voyons, s'il faut gagner sa vie,

S'il faut suer du sang pour un morceau de pain,

S'il faut arroser d'eau le vin de sa folie

Et se coucher avec la peur du lendemain ?

O doux repos du corps, activité de l'âme,

De vous nommer paresse a-t-on tort ou raison ?

Qu'en pensez-vous, monsieur ? qu'en pensez-vous, madame

Libre à chacun d'avoir une autre opinion !

III

Je ne marchande pas avec une folie,

Dussé-je n'y gagner qu'une heure de plaisir ;

Je m'abandonne au flot qui m'entraîne, et j'oublie

L'inévitable jour qu'on appelle mourir.

Voyez la demoiselle aux ailes fugitives,

Qui voltige, ignorant où son vol la conduit,

Qui va, capricieuse, et joue autour des rives

Et qui sans cesse échappe à l'enfant qui la suit ;

Eh bien ! telle est ma Muse ; elle s'attarde en route :

Je vais ci, je vais là, je prends mille détours :

Oublieux du chemin, je regarde, j'écoute,

Frivole dans mes vers comme dans mes amours.

Je ne cours après rien, je prends ce qu'on me donne,

J'adore le hasard, dont on dit tant de mal :

Sans plaisirs imprévus la vie est monotone,

Et ce monde serait pire qu'un hôpital.

Le hasard quelquefois est bon à quelque chose,

Et, pour vous le prouver, je vais vous raconter,

Si vous êtes discrets, comme je le suppose,

Ce qui m'advint, un soir. Vous plaît-il d'écouter ?

IV

Je me promenais seul, selon mon habitude,

Sans savoir où j'allais et sans savoir pourquoi,

Libre de tout souci, de toute inquiétude,

Après un bon dîner, presque content de moi.

Or, la soirée était assez belle ; c'est dire

Que force gens flânaient le long du boulevard ;

Les uns vont au bonheur, les autres au martyre,

Tous marchent à la mort, qui plus tôt, qui plus tard.

Avant que nous soyons cloués dans une bière,

Vêtement incommode, allons de tous côtés,

Jeunes, vieux, sages, fous, chacun à sa manière,

Sur l'aile du hasard glaner les voluptés.

Je fumais un cigare : A travers la fumée

Qui m'entourait le front de sa flottante odeur,

Je m'imaginais voir une maîtresse aimée,

Sa bouche sur ma bouche et son cœur sur mon cœur.

Je faisais, comme on dit, des châteaux en Espagne ;

Je m'étais enfui loin de la réalité ;

Mon esprit divaguait et battait la campagne,

Comme un cheval sans frein qui court en liberté.

De mes ennuis passés je perdais la mémoire,

Et j'avais oublié jusqu'à mes créanciers.…

Mais, quoi ! j'oublie aussi de conter mon histoire,

Aussi lent qu'un goutteux montant des escaliers.

Je me promenais donc, errant, à l'aventure,

Seul et sans but, pensif, ne suivant d'autre loi

Que celle de mes pas, écoutant le murmure

Que faisaient les passants, nombreux autour de moi.

Tout bas je me disais : — « S'il venait une femme,

Par le hasard guidée, une fleur du printemps,

Une femme non prude, avec des yeux de flamme,

Qui daignât avec moi perdre quelques instants ;

Qu'elle vînt à passer à mes côtés, je gage

Que je suis assez fou pour lui faire la cour,

Pour laisser à ses pieds mon faible cœur en gage

Et pour lui fredonner quelques notes d'amour.

Je la désirerais ni petite ni grande ;

Je lui voudrais les doigts bien effilés et longs,

Et des yeux noirs ou bleus, mais fendus en amande,

Et des cheveux traînant à flots sur ses talons ;

Je lui voudrais un teint frais comme la rosée,

Une lèvre très-rouge et de très-blanches dents,

Une tête coquette et fièrement posée,

Et deux seins rebondis, pleins de désirs ardents.

Elle aurait de l'esprit . on ne s'en passe guère ;

La volupté naîtrait à l'envi sous ses pas ;

Elle aurait un bon cœur, avec l'humeur légère ;

Quant à ses vêtements, elle n'en aurait pas. »

Parfois je m'arrêtais, j'en prenais à mon aise :

Quoi de plus ennuyeux que toujours se gêner ?

Quand je suis quelque part, il faut que je m'y plaise,

Et, pour cette raison, j'aime à me promener.

Si je me trouve mal en un lieu, je déloge,

Car c'est pour son plaisir que l'homme est ici-bas,

Non pour gagner au ciel une première loge...

Çà, messieurs les dévots, ne vous emportez pas :

Je suis très-bon chrétien, et néanmoins je pense

Que n'avoir point vécu vaudrait mille fois mieux,

Si l'on n'a du bonheur que l'ombre et l'espérance,

Et si l'on a toujours du chagrin dans les yeux.

J'abandonnais mon rêve, afin de me distraire,

Comme on quitte un instant un livre commencé,

Mais, parmi les passants ne trouvant rien à faire,

Je reprenais mon rêve où je l'avais laissé.

Qu'il est bon de rêver, comme les astrologues,

Qui s'en vont au hasard par les routes du ciel !

Qu'il est bon de cueillir de mystiques églogues,

Comme l'abeille d'or, voyageuse du miel !

Où va-t-on ? Dieu le sait peut-être ; s'il l'ignore,

C'est sa faute et non point la mienne, n'est-ce pas ?

Le rêve est un chemin où l'âme allonge encore

Ses deux ailes, pour fuir les laideurs d'ici-bas :

Puisque tout dans la vie est sombre, amer ou vide,

Il faut lever les yeux plus haut que l'horizon,

Et boire du Léthé l'eau fraîche et translucide,

Et bâtir dans l'azur sa féerique maison.

L'âme, disait Platon, se sachant immortelle,

Visite, avant la mort, ses domaines futurs,

Voltige d'astre en astre et veut baigner son aile

Dans la clarté de cieux invisibles et purs.

V

Je regardais partout, mais, comme la sœur Anne,

Ne voyant rien venir, je me désespérai :

C'était partout l'impure et fière courtisane !

La tristesse serra mon cœur, et je pleurai.

Pourquoi ? je n'en sais rien. La joie et la souffrance

Sont peut-être deux sœurs qui ne se quittent pas ;

Les larmes quelquefois coulent sans qu'on y pense,

Et mes pleurs en tombant semblaient compter mes pas ;

Mais la pitié sert bien les bons cœurs, je suppose,

Car devant moi soudain, à dix pas, j'aperçus

Une fraîche toilette, un joli chapeau rose.

Je lorgnai dans le ciel l'étoile de Vénus.

Cette femme était jeune, était belle, peut-être !

Le peu que j'en voyais du reste répondait ;

J'en étais amoureux avant de la connaître ;

Rien qu'à la voir de loin, la tête me tournait.

Peut-être, me disais-je, est-elle vieille ou laide,

Peut-être est-elle prude ! hélas ! c'est pis encor.

Grand dommage, pourtant (l'amour me soit en aide !),

Qu'elle veuille garder la clef de son trésor !

Sa robe, relevée avec coquetterie,

Livrait sa jambe svelte aux vifs baisers de l'air,

Sa jambe aux fins contours, mollement arrondie,

Et son bas transparent qui laissait voir la chair ;

J'en caraissais de l'œil la nerveuse cambrure,

La cheville sculptée et le galbe élégant ;

Et son pied, que pressait une étroite chaussure,

N'était pas, j'en ai peur, aussi long que son gant.

Un manteau de velours moulait l'épaule blanche,

Et, sous les plis flottants de la robe, on voyait

La taille s'élancer et s'épaissir la hanche ;

Tout son corps, en marchant, comme un roseau ployait.

Quelques cheveux légers, d'une grâce adorable,

Par le peigne oubliés, sur son cou se bouclaient ;

J'aurais fait, pour les mordre, un pacte avec le diable ;

Seuls, vers ce blond duvet mes baisers s'envolaient.

Ah ! j'en suis sûr, pensai-je, elle est jeune, elle est belle :

Je ne puis me tromper aux attraits que je vois.

Et j'allais, respirant son parfum derrière elle,

Le cœur plein d'espérance et de crainte à la fois.

Il est vrai, j'ignorais son visage et son âme,

Mais je n'y songeais guère et n'en avais point peur :

Un beau corps n'est-il pas la moitié de la femme ?

Qui donc peut se vanter de connaître son cœur ?

Depuis que le soleil luit sur ce pauvre monde,

On a fouillé le cœur, on en a fait le tour ;

Dans cette mer mobile on a jeté la sonde,

Pour cueillir sous les flots la perle de l'amour ;

Mais, jusques à présent, personne n'a pu dire

Ce multiple secret, trois fois mystérieux.

Eh, qu'importe ! Voyez les femmes nous sourire,

Et l'amour allumer le velours de leurs yeux !

Trouver le dernier mot de la nature humaine

N'est point chose facile, et ceux qui l'ont tenté

Se sont couverts de gloire et d'ennuis, mais à peine

Ont-ils baisé tes pieds, muette Vérité !

Don Juan en vain chercha cette énigme immortelle,

Qui se dresse debout au seuil de l'univers ;

Le vieux sphinx de granit, de son œil sans prunelle,

Regarde fixement le sable des déserts.

O cœur, arbre où circule une puissante sève !

Cœur, joyeuse chanson que l'on chante toujours !

Cœur, consolation du ciel perdu par Ève !

Cœur, source des douleurs et des jeunes amours !

Sans toi que deviendrait l'homme ? Sans toi, la vie

Serait comme un printemps sans fleurs, comme un été

Sans fruits, comme l'automne où la feuille jaunie

Tombe, comme l'hiver par le froid attristé.

VI

Elle avançait toujours ; je cheminais derrière...

Soudain à ses cheveux elle porta son bras,

Qu'un diamant ornait d'une vive lumière.

C'était assez pour moi ; je redoublai le pas,

Je passai devant elle. Elle était si jolie,

Qu'il me vint à l'esprit, en voyant sa beauté,

Que le gros diamant, prix de quelque folie

Ou d'une nuit d'amour, n'avait guère coûté.

Sans vous mentir, c'était une blonde merveille !

Sa bouche, où voltigeaient mes regards et mon cœur,

Était fraîche et fleurie à tromper une abeille,

Qui l'aurait, comme moi, prise pour une fleur.

Je ne vous dirai pas combien elle était belle ;

Mais Corrége, devant une telle beauté,

Eût remercié Dieu de l'avoir pour modèle :

Un chef-d'œuvre de plus de lui serait resté.

Blonde avec dés yeux bruns, avec un front d'ivoire,

Un visage candide et malin à la fois...

N'était-ce pas un rêve, et fallait-il y croire ?

Surpris de tant d'attraits, je demeurai sans voix.

Elle me rassura bientôt par un sourire,

Par un regard si doux, que tout mon corps trembla ;

Si je ne craignais pas de donner à médire,

Je vous avouerais bien qu'elle aussi se troubla.

Du moins, je le croyais : Cette chère espérance

Faisait plus vivement battre mon cœur charmé ;

Ce qui soudain m'ôta toute mon assurance :

On est si faible, hélas ! quand on se croit aimé !

Un seul mot s'échappa malgré moi : « Qu'elle est belle ! »

A son air je compris qu'elle avait entendu,

Qu'elle me savait gré de cet aveu sur elle,

Que de mon cri d'amour tout n'était pas perdu.

Un compliment attire une femme et la touche !

C'est comme une caresse, et c'est presque un baiser...

J'en aurais bien pris un sur sa vermeille bouche,

Où mon ardent désir allait seul se poser.

VII

Mais ne nous pressons pas : pour arriver à l'âme,

Plus le chemin est long, plus le voyage est doux ;

Plus on est fatigué, plus le sein d'une femme

Est un tendre oreiller au jour du rendez-vous.

Comme de sentiments, l'amour vit de mystère ;

Mais, lorsque avec le temps s'épuise l'inconnu,

L'amour, nouveau Cédar, descend sur cette terre

Et, regrettant le ciel, meurt misérable et nu.

C'est que l'amour n'est point une chose vulgaire,

Quoique beaucoup de gens fassent métier d'aimer !

Le cœur dans l'infini cherche à se satisfaire,

Il brûle sans pouvoir jamais se consumer.

Oh ! ne me parlez pas du cœur ! Je plains les hommes

Qui dans leur sein malade ont une âme de feu ;

Le malheur les poursuit. Pauvres gens que nous sommes !

Pour ce funeste don qu'avons-nous fait à Dieu ?

Sous nos pas chancelants l'amour creuse un abîme,

Et nous y jetons tout, confiants et sans peur ;

Vient un jour où le cœur est sa propre victime,

Où l'amour perd son nom et s'appelle douleur.

L'indifférent, caché sous une écorce dure,

Demain est inconstant et fidèle aujourd'hui,

Et, véritable enfant gâté de la nature,

Il vous demandera : qu'est-ce donc que l'ennui ?

La pitié, douce au cœur, lui devient importune ;

Il écoute, en bâillant, Beethoven et Mozart,

Ne s'émeut pas devant une grande infortune,

Regarde, sans les voir, les merveilles de l'art ;

Il ignore des pleurs la charmante amertune,

Il ne sait pas aimer, il ne sait pas souffrir :

Son inutile vie est un tison qui fume,

Et dont on ne voit point une flamme jaillir.

Qui sait si le bonheur n'est pas l'indifférence,

Lac tranquille où le vent ride à peine les flots ?

Mais l'amour! gardez-vous d'aimer : c'est la souffrance,

C'est l'orageuse mer qui jette des sanglots.

VIII

Où suis-je ? Par hasard serais-je moraliste,

Philosophe ou pédant ? Qui s'en serait douté ?

Voici que pour un rien sans raison je m'attriste ;

Non, au diable les pleurs, et vive la gaîté !

Je laisse à mi-chemin l'histoire commencée ;

Manquer aux dames, fi ! cela n'est pas galant.

Ma belle avançait donc, sans paraître pressée ;

Je la suivais, marchant, comme elle, d'un pied lent.

Un de ses gants tomba, sans doute par mégarde,

Ou peut-être, qui sait ? avec intention ;

Quoi qu'il en soit, je crus qu'il fallait prendre garde

A gagner son estime en cette occasion.

Je ramassai le gant, vous pensez, sans attendre

Qu'elle courbât vers lui son corps souple et charmant.

Cela parut lui plaire et ne la point surprendre .

Un amoureux vaut mieux, mesdames, qu'un amant.

Je connais maint amant, lassé de sa conquête,

Qui savoure l'espoir de l'infidélité,

Et qui dans un baiser par avance s'apprête

A changer et l'autel et la divinité.

Pour sa maîtresse il est d'une tendresse extrême ;

On croit qu'il n'aimera qu'elle, mais, l'inconstant !

Il se couche à ses pieds, il lui jure qu'il l'aime,

Quand le soir à quelque autre il en dit tout autant.

Il affecte, d'ailleurs, certaine insouciance ;

Par système, il se plaint de n'être plus aimé,

Et, pendant que sa mie est triste de l'absence,

Il boit la volupté sur un sein parfumé.

L'amoureux, au contraire, est cent fois préférable :

Il n'est pas exigeant, n'en ayant point le droit,

Il est toujours fidèle, il est toujours aimable ;

Pour un mot qu'on lui dit, un regard qu'il reçoit,

Vous pourriez l'envoyer, madame, au bout du monde ;

Pour un simple baiser sur votre blanche main,

Ou pour un rendez-vous, où son espoir se fonde,

Demandez-lui sa vie, il se tuera demain.

Il vous suivra partout, il est comme votre ombre ;

De loin il vous adore avec discrétion,

De ses peines pour vous ne compte pas le nombre,

Et souhaite en échange un peu d'attention.

L'amant est positif, l'amoureux poétique ;

L'un aime à commander, l'autre obéit toujours.

Si j'étais femme, moi, je voudrais, par tactique,

Ne jamais dans mes bras recevoir les amours.

Heureux qui peut, après l'ivresse désirée,

Garder de son amour les premières ardeurs !

Heureuse la maîtresse, à ce point adorée,

Que jamais son amant ne lui coûte de pleurs !

IX

Je lui rendis son gant. Pour ce léger service

De sa voix la plus douce elle me dit : merci !

Je trouvai le moment de lui parler propice ;

Ce qu'il fallait répondre était mon seul souci.

Oui, par où commencer, par où, lorsqu'on courtise

Une femme qui vient à passer près de nous ?

Notre langue est si prompte à dire une sottise ;

Et le premier instant peut décider de tous.

Etant peu sûr de moi, je me tus : le silence,

Pour se tirer d'affaire, est souvent un moyen,

Et, quoique cela soit un excès de prudence,

Si l'on n'y gagne pas, du moins l'on n'y perd rien.

Mais l'amour sur mon cœur distillait goutte à goutte....

Elle vint à mon aide, elle me demanda

Si je connaissais bien la plus directe route

Pour aller vers la rue et le quartier Bréda.

— « Madame, s'il vous plaît, je serai votre guide. »

Et sans plus de façons elle accepta mon bras ;

Je vis que sa vertu n'était pas trop rigide,

Que, si le ciel m'aidait, je ne dormirais pas.

Si dans mon esprit tremble un épi de folie,

J'ai vingt ans : la jeunesse en verte floraison

T'effeuille d'un doigt leste et sans mélancolie,

Pâquerette, or des champs et neige du gazon.

Vingt ans ! ce mot-là seul doit m'absoudre, madame ;

N'en ayez nul souci, car chacun eut son tour.

Moi, si je ne sais rien des mystères de l'âme,

Qu'importe ! je savoure un fruit doré, l'amour.

Vingt ans ! l'âge où le cœur, plus riche que le Louvre,

Ne respire et ne voit que la fleur du panier,

Où tout embaume, où tout chante, sourit et s'ouvre

Au rayon matinal du soleil printanier !

C'est un ciel égayé du vol des hirondelles ;

L'imagination nous peint la vie en beau :

La pensée est en fleur, les rêves ont des ailes ;

Comme l'amour, tout est naissant, tout est nouveau.

Une robe vient-elle à passer ? l'on soupire

A faire tournoyer quatre moulins à vent,

Car la cœur, ignorant ce qu'au juste il désire,

Comme un chevreau lascif, saute et court en avant.

Mais tout s'en va, dit-on... Le diable les emporte,

Ces moralistes froids qui troublent nos ruisseaux,

Ces chasseurs immolant la joie à notre porte,

Ces oiseleurs vidant les nids sur nos rameaux !

Ah ! les vieillards ont tant insulté l'espérance !

Invalides marchant sur deux jambes de bois,

Ils nous jettent au nez leur vaine expérience,

Leur sagesse en perruque et leur cœur aux abois.

La foi, c'est un missel qu'on ne lit plus, un livre

Oublié dans les cieux et fermé sur l'autel :

On a saccagé tout ce qui nous faisait vivre,

L'amour, lampe du cœur, la foi, rêve immortel.

Vous, dont l'œil a percé les voiles de la vie,

Gardez pour vous l'ennui de votre amer savoir,

Puisque votre science est peut-être l'envie,

Un flot d'ombre tombé des ténèbres du soir.

Demain nous courberons nos âmes sous le doute,

Comme au vent le roseau ; demain nous entendrons

Les vipères en chœur siffler sur notre route ;

Et le temps, ce voleur, dénudera nos fronts.

En attendant cette heure inévitable et triste,

Où sur nos pas plus lents chantera le corbeau,

Aimons ! n'imitons pas le labeur du trappiste,

Qui de ses maigres mains se creusait un tombeau.

Loin de mes chers amis, soufflez, bises moroses !

O mer, suspends un peu tes orageux brisants !

Que la mort me surprenne assoupi sur des roses

Ou baisant les pieds nus d'une enfant de seize ans !

X

Nous causâmes beaucoup. Elle aimait fort à rire;

Sa conversation ressemblait à ses yeux

(Ses yeux étaient charmants, j'aurais dû vous le dire);

Tout en elle était gai, naturel, gracieux :

Dans le plus petit mot elle mettait son âme,

Ou plutôt son esprit, léger comme un oiseau.

Je la pris tout d'abord pour une grande dame;

Ce compliment pour elle aurait été nouveau.

La beauté! c'était là son unique partage;

Elle n'était pas riche ou de noble maison :

La nature avait mis sur son jeune visage

Des attraits qui pour moi valent bien un blason.

Or, elle n'était pas, sous sa fière toilette,

Ou comtesse, ou marquise, ou dame de haut lieu :

Était-ce mieux ou pis? c'était une lorette,

Et j'en étais ravi, je vous en fais l'aveu.

— Une lorette ! quoi ! s'écriera quelque dame,

Et vous vous en vantez ! est-ce là de l'amour ?

— Jeunes, nous nous plaisons à gaspiller notre âme ;

Voici ce qu'un ami me disait, l'autre jour.

LES COURTISANES

—

« Amour, âme du monde, immortelle pensée,

Chaste fleur de l'Éden par la femme perdu,

Larme que le doux Christ sur la croix a versée,

Comme Judas son dieu, des femmes t'ont vendu !

Enfants, la mort eût dû les prendre, toutes pures,

Et faucher le lis blanc de leur virginité,

Avant que la débauche eût mis ses flétrissures

Sur leurs fronts innocents et vêtus de beauté.

La misère les berce, et, comme une marâtre,

Leur souffle jour et nuit la peur du lendemain ;

Puis, par un soir d'hiver, quand le feu manque à l'âtre,

Lorsqu'il neige au dehors, lorsque l'heure sans pain

Frappe, désespérée et sombre, à la mansarde,

Lorsque leur front pâli penche vers le tombeau,

Faust, les mains pleines d'or, sur leur seuil se hasarde,

Leur sourit, les appelle, ouvre son noir manteau

Et dans ses plis de feu les traîne vers l'abîme.

A travers les splendeurs, les fêtes et le bruit,

Le torrent de la vie emporte la victime;

Mais le bourreau lassé retombe dans sa nuit.

Vous les verrez danser, rire, chanter et boire,

Changer d'amants, de noms, de logis, tour à tour,

Gaspiller leur beauté sans regret ni mémoire,

Et ne jamais aimer, — par respect pour l'amour!

Vous les verrez courir folles dans les orgies,

Promener dans Paris des laquais galonnés,

Essuyer des baisers à leurs lèvres rougies,

Des baisers que l'amour ne leur a pas donnés!

Vous les verrez enfin, insouciantes filles,

Descendre à pas pressés des hauteurs du plaisir,

Reprendre leur misère et leurs vieilles guenilles,

Sans amis, sans enfants, sans cœur, sans avenir.

Que leur restera-t-il des heures dispersées?

Est-il un seul débris sauvé de leurs beaux jours?

Est-il un rayon pur au fond de leurs pensées,

Un amour qui survive à leurs autres amours ?

Leur âme inhabitée est une solitude,

Où d'aucun souvenir ne s'ouvriront les fleurs :

L'amour, qui tôt ou tard punit l'ingratitude,

Ne leur a pas laissé l'amer bienfait des pleurs.

« Oublieuses des jours qui passent comme un rêve,

De l'âge inévitable et du terme fatal,

Presque toutes s'en vont, quand leur fête s'achève,

Vieilles avant le temps, mourir à l'hôpital.

Aussi, lorsqu'on les voit, insolemment parées,

Ivres de leur folie, on veut plaindre leur sort,

Ou maudire, ou sauver ces femmes égarées,

Qui, d'un front souriant, se hâtent vers la mort.

Sur ce fumier banal gît peut-être, oubliée,

Une fleur où l'amour butinerait son miel,

Fleur dont la tige faible, et par les vents ployée;

A besoin de la pluie et des brises du ciel.

Si quelque ange, déchu de sa beauté première,

Venait, comme Cédar, à passer devant moi,

De ses ailes ma main secouerait la poussière,

Et je l'aimerais tant, qu'elle croirait en toi,

Amour, divin amour, ô toi qu'elle profane !

O toi qu'elle trahit pour un baiser moqueur !

O toi qui dois gémir, lorsque la courtisane

Souille, en les prononçant, les mots sacrés du cœur !

Non, gardons-nous d'aimer ces filles dégradées,

Qui font à l'âme un mal qui ne se guérit pas ;

Dédaignons leur jeunesse et leurs robes brodées ;

Fuyons même la trace où posèrent leurs pas.

Que de pleurs, diamants tombés des yeux des mères,

Se sont cristallisés pour ces reines d'un jour !

Que de fils ont payé des amours mensongères

A l'affamé troupeau des vendeuses d'amour !

Ils leur livrent sans peur leurs jours, leurs nuits, leur âme,

Pendant que, sous le toit d'une chaste maison

Une enfant de quinze ans, qui demain sera femme,

Attend l'hymen promis à sa mûre saison.

Va, retourne au désert, ô sœur de Madeleine !

Sans parfums, et pieds nus, et les regards baissés,

Cherche sous les palmiers une fraîche fontaine,

Où ta lèvre boira l'oubli des jours passés !

Meurtris ta chair! Ton front, plus pâle qu'une étoile,

Peut s'empourprer encor de pudique fierté ;

Dénoue autour de toi tes cheveux comme un vöile,

Pour y cacher tes pleurs, ta honte et ta beauté! »

XI

Mon ami finit là. Malgré son éloquence,

Faut-il, à tout propos, immoler le réel.

Toujours à l'idéal donner la préférence,

Toujours quitter la terre et ne songer qu'au ciel ?

A quoi bon ? Notre corps nous ramène sans cesse

A ce monde qu'en vain nous essayerons de fuir

Hommes, nous y tenons par l'humaine faiblesse,

Par deux liens puissants, la peine et le plaisir.

Ne penchez plus sur nous l'urne de vos chimères,

D'où tombent, flots amers, des désirs sans espoir,

Rêveurs! ne venez pas mettre à nu nos misères :

Nous ne fermons les yeux que pour ne les point voir.

Pourquoi monter si haut? Mieux vaut se laisser vivre

Et borner ses désirs à ce vaste univers...

L'amour, coupe brûlante où tout homme s'enivre,

Ne console-t-il pas des maux déjà soufferts?

Femme, si je te vois belle, je te pardonne

Tes caprices de cœur, recommencés toujours,

Et, quel que soit le rang que ton amour me donne,

Je respecte la tombe où dorment tes amours.

Lorsque je suis assis devant une bouteille,

Je ne suis point jaloux si le verre où je bois

Fut déjà caressé d'une lèvre vermeille,

Rougi d'un autre vin, touché par d'autres doigts.

Amis, ne demandons pas trop à chaque chose;

Non, cherchons dans les cieux la lumière du jour,

Dans les ruches le miel, le parfum dans la rose,

L'ivresse dans le vin, dans la femme l'amour.

Ma princesse était belle; en faut-il davantage?

Elle appuyait son bras, là, tout près de mon cœur,

Et son haleine fraîche, effleurant mon visage,

Versait dans ma poitrine une amoureuse ardeur.

Tout trajet semble court, lorsque la causerie

Vient égayer le temps de ses propos joyeux,

Et l'on avance au but trop vite, et l'on oublie

Que chaque pas qu'on fait rapproche les adieux.

Nous étions arrivés au seuil de sa demeure.

En me remerciant elle me dit : bonsoir !

Il fallait la quitter ! si vite ! à peine une heure

D'intime causerie, et ne la plus revoir !

C'est que le cœur se donne, hélas! sans qu'on y songe,

Lorsque l'on se croit libre, on se trouve engagé ;

Dans les rêves d'amour tout à coup l'on se plonge,

Et l'on ne voudrait pas recevoir son congé.

Pendant que, morfondu d'un regret inutile,

Je me désespérais sur mon bonheur détruit,

Je ne me doutais pas que mon pied plus habile

M'avait devant sa porte, à mon insu, conduit.

Elle se retourna : — « Vous êtes là ! » dit-elle.

— « Puis-je sitôt vous perdre et ne pas regretter,

« Moi, qui vous sais déjà non moins bonne que belle,

« Le moment trop rapide où je dois vous quitter? »

Cela n'est pas très-fort, j'en conviens. Quand on aime,

On a beaucoup d'esprit, ou bien on n'en a pas :

Le cœur, aveugle et sourd, va sans cesse à l'extrême,

Au zénith, au nadir, ou trop haut ou trop bas.

— « Votre bon cœur me plaît, dit-elle ; soyez sage ;

« Je vous accorde une heure, une heure seulement !

« Mais vous me le jurez ? » Comme un serment n'engage

Qu'à moitié, d'un baiser je scellai le serment.

Je ne me sentais plus d'espérance et de joie.

On doit battre le fer, dit-on, quand il est chaud ;

Quiconque lâcherait une si belle proie,

Fût-ce un homme d'esprit, je le tiens pour un sot.

En amour, comme en tout, le premier pas seul coûte ;

Je m'étais avancé pour ne point reculer

Et ne pas m'arrêter au milieu de la route,

Tant pis pour l'imprudent qui se laisse troubler !

L'occasion s'enfuit d'une aile si légère,

Qu'il nous faut la guetter et l'attraper au vol ;

Avec l'heure elle court, comme elle, passagère ;

Fille de l'air, son pied touche à peine le sol.

XII

Lorsqu'on voit une rose épanouie, on l'aime,

De l'œil on la caresse, heureux de son odeur,

On craint de l'arracher à sa tige ; de même,

Avant de la cueillir, je respirais ma fleur.

Bah ! qu'est-ce qu'une rose auprès d'un beau visage ?

Que son parfum auprès d'un baiser embaumé ?

Sa tige morte auprès d'un agile corsage ?

Si l'on aime une rose, on n'en est point aimé.

Déjà je la voyais, amoureuse et lascive,

Égrener ces aveux qu'on écoute à genoux,

Presser contre son sein ma tête convulsive ;

M'entourer de ses bras avec un soin jaloux ;

Je la voyais, d'abord rebelle à mes tendresses ;

Se défendre, puis moins, et bientôt se taisant

Et vaincue à demi par mes folles caresses,

Me donner des baisers tout en les refusant.

Mille fougueux désirs travaillaient ma pensée ;

Une heure seulement, je devais être heureux,

Adorer cette femme, et, cette heure passée,

Peut-être m'éloigner, des larmes dans les yeux !

Quoi ! j'allais voir la coupe à ma lèvre altérée

S'offrir ! quoi ! j'allais voir les branches se pencher,

Étalant de leurs fruits la richesse dorée,

Et, Tantale nouveau, ne pouvoir y toucher !

Non ; pareil au soldat courageux sous les armes,

Je combattrai la belle ; et, dussé-je employer

La voix de la prière ou la ruse des larmes,

Je veux que sa vertu meure sur l'oreiller.

En amour j'ai le tort d'être sceptique en diable,

De croire que nul cœur ne saurait résister,

Que tout refus de femme est bâti sur le sable,

Que toute femme est Ève et se laisse tenter.

Pour l'une il faut un mois, pour l'autre il faut une heure,

Pour d'autres moins encor, pour toutes peu d'instants ;

Et je soupçonne fort que celle qui demeure

Rigide jusqu'au bout, doit en pleurer longtemps.

Mesdames, c'est trop juste : il faut consoler l'homme

Des pertes sans retour qu'il éprouva jadis,

Car sans vous, s'il vous plaît, sans la fatale pomme,

Nous ne serions jamais sortis du Paradis.

La pomme ! le Démon par moitié l'a coupée

Pour en former tes seins, ronde tentation,

O femme ! et chaque Adam, dont tu fais ta poupée,

Y cherche du péché la blanche occasion.

Le paradis perdu ! quel mot creux et sonore,

Puisque l'homme en tes bras peut s'emparadiser !

Sa joie est de se perdre et se reperdre encore ;

Pour retrouver l'Éden, que veut-il ? ton baiser.

De ta bouche il descend jusques à ta poitrine,

Où la pomme d'amour rit, où, pour se punir,

Il boit le doux remords de sa faute divine

Et cueille en soupirant le fruit du souvenir,

Fruit qui jadis avait la fermeté du marbre,

Comme aux douze tribus Moïse l'attesta.

Si le beau serpent tord sa queue autour de l'arbre,

Tant pis pour Sganarelle et pour Malatesta !

Par pudeur depuis lors la femme s'est vêtue ;

La robe a remplacé la feuille du figuier ;

Mais elle ôte le voile et montre la statue,

Et nous dit : — Mon cœur bat sous le fruit du pommier.

Je pense (ai-je raison ?), sans être pessimiste,

Qu'ici-bas la vertu n'est pas un mal commun,

Que son temple serait fort étroit et fort triste,

Fort dépeuplé surtout, si l'on en dressait un.

De là je concluais que ma blonde lorette,

Qui recevait chez elle un homme après minuit,

Pouvait, de sa vertu n'étant pas trop coquette,

Ayant ouvert sa porte, ouvrir aussi son lit.

Ah ! pourquoi le Désir se débat-il sans cesse

Sous les griffes d'airain de ta réalité ?

Pourquoi conserve-t-il sa terrible jeunesse ?

D'où viennent sa puissance et sa fragilité ?

Pourquoi l'homme court-il après des ombres vaines

Qui flottent sur ses pas, mais qu'il ne peut saisir ?

Le minotaure veut des victimes humaines ;

Rien ne te rassasie, implacable Désir !

A-t-il touché l'objet cher à son espérance,

Comme un oiseau surpris sur le bord de son nid,

Notre cœur s'en dégoûte et de nouveau s'élance

Pour fatiguer son aile à travers l'infini.

Où s'arrêtera-t-il dans sa course insensée,

Si toujours l'idéal recule devant lui,

Ou si dans sa chimère, ardemment caressée,

Dès la première goutte, il boit le fade ennui ?

Les Grecs ont raconté que le fils d'Aphrodite

S'en allait tous les soirs dans le lit de Psyché ;

Mais, invisible aux yeux dont la douceur l'invite,

Par ordre du Destin, il doit rester caché.

Avant l'heure où l'Aurore aux doigts d'ambre et de rose

Soulevait sur les monts les voiles de la Nuit,

L'enfant divin baisait sa bouche demi-close

Et, pendant son sommeil, disparaissait sans bruit.

Les jeunes Voluptés, déesses de Cythère,

Ouvrant leurs ailes d'or, emportaient dans leurs bras

L'indolent Cupidon, entouré de mystère.

Psyché cueillait les fleurs qui poussaient sous ses pas

Et savourait le miel des nocturnes ivresses ;

Mais un serpent, l'orgueil, vint la piquer au cœur.

Elle sentit son corps moins docile aux caresses,

Et son désir alla plus loin que son bonheur.

— « Est-il jeune ? est-il beau ? S'il cache sa figure,

« Sans doute il craint les yeux et les affronts du jour ;

« Mais sa voix, ses baisers sont doux ; sa chevelure

« Exhale l'ambroisie et l'odeur de l'Amour. »

Il ne lui suffit plus de se savoir aimée :

Elle a désiré voir cet amant inconnu.

Une nuit, l'imprudente ! une lampe allumée

La guide; des frissons courent sur son sein nu ;

Elle hésite, s'avance, inquiète, tremblante,

Se penche vers le lit, sa lampe dans la main,

Voit et se trouble, et verse une goutte brûlante

Sur l'Amour, qui s'éveille et s'envole soudain.

XIII

Depuis longtemps déjà nous étions dans la chambre,

Élégante de luxe et de simplicité,

Où, pour vaincre le froid (on était en novembre),

Le feu semblait attendre un hôte convoité.

En entrant, j'aperçus, à la faveur des flammes,

Un sopha, qui me fit songer à Crébillon,

Et des rideaux safran, couleur qui plaît aux dames.

Pour irriter l'amour, ce lascif papillon,

Du lilas blanc neigeait dans une jardinière ;

Parmi des bronzes d'art, des pastels, un miroir

De Venise luisait, comme un œil de lumière,

Qui semblait épier les secrets du boudoir.

Elle ôta son chapeau, son autre gant, sa mante,

Qui dérobait aux yeux les plus piquants atours,

Des cheveux blonds bouclés, une épaule charmante

Une petite main faite pour les amours.

S'élevait, s'abaissait sur sa ronde poitrine

Le soyeux vêtement qui cachait son beau corps '

Lorsqu'on voit le dessus, le dessous se devine ;

Le dedans est souvent trahi par le dehors.

On dit que le visage est l'enseigne de l'âme

(Ah ! quoi de plus menteur au monde que les yeux !) ;

A plus forte raison, je pense qu'une femme,

Belle avec ses jupons, doit l'être encor sans eux.

Elle s'assit enfin devant la cheminée,

Moitié causant, moitié regardant son miroir,

Joyeuse, triomphante, elle-même étonnée

D'avoir un front si blanc avec un œil si noir.

Mêlant dans ses discours l'ironie à la grâce,

Sur l'état de mon cœur elle m'interrogea,

Demandant si j'aimais, si j'avais une place

Vide et libre à remplir. — Non, je l'aimais déjà,

Et je lui répondis sans tarder : : — « Ma maîtresse,

« Qui ne vaut pas le bout de votre doigt vermeil,

« Serait, auprès de vous, sans beauté, sans jeunesse,

« Et ce n'est qu'une étoile à côté du soleil.

« Tout homme, en vous voyant, deviendrait infidèle,

« Renierait ses amours les plus chères pour vous,

« Et vous dirait, brûlé par une ardeur nouvelle :

« Oh ! laissez-moi mourir ou vivre à vos genoux?

« Je vous aime..... Pourquoi craindre de le redire ?

« J'aime vos grands yeux bruns, le chant de votre voix,

« La blancheur de vos dents qu'entoure un gai sourire,

« Et tout ce que j'entends, et tout ce que je vois.

« Je suis peut-être un fou de vous aimer; mais j'aime !

« Je ne sais pas garder ce que j'ai dans le cœur,

« Et ce cœur affamé, dans sa misère extrême,

« Vous demande en tremblant l'aumône du bonheur. »

Je mentais à demi, j'étais presque sincère.

J'avais pris de l'amour le langage et le ton ;

Mais, las de parler seul, je finis par me taire.

Elle me regardait d'une étrange façon ;

Le sourire s'enfuit de sa lèvre rieuse ;

J'entendis de son sein s'envoler un soupir.

Elle se tut longtemps et paraissait rêveuse,

Puis, se tournant vers moi : — « De grâce il faut partir ! »

Et son œil inquiet, levé sur la pendule,

Immobile, suivait l'aiguille obstinément.

Mon cœur, qui devina, cessa d'être crédule :

« Tout est perdu, pensai-je ; elle attend son amant. »

Et d'un frisson jaloux je ne fus pas le maître.....

Jaloux ! et de qui donc ? peut-être d'un vieillard,

Peut-être d'un enfant, de tous les deux peut-être...

Messieurs, tant pis pour vous ! pourquoi venir si tard ?

Mais quand la première heure eut tinté, le nuage

Qui voilait sa gaîté se dissipa soudain ;

Le sourire éclaira de nouveau son visage ;

Je n'étais plus jaloux, et je lui pris la main.

Quoique l'heure eût sonné, qui me chassait loin d'elle,

Il se faisait si tard, le ciel était si noir,

Le lit était si frais, la femme était si belle,

Que je serais parti le cœur au désespoir.

Partir ! je ne pris pas le chemin de la rue ;

Sur le moelleux tapis je ployai les genoux,

Sans parole, immobile ainsi qu'une statue.

Elle me repoussait, mais son œil était doux.

XIV

Son nom (n'abusez pas de cette confidence),

Je ne l'ai jamais lu dans le calendrier,

Mais il m'en souviendra longtemps encor, je pense :

Deux ans se sont passés, je n'ai pu l'oublier.

Alida ! nom plaintif et plus doux à l'oreille

Que le gémissement d'un oiseau dans les bois,

Qu'un chant de sa nourrice à l'enfant qui sommeille ;

Pour le mieux répéter, il me faudrait sa voix.

—« Comment vous nomme-t-on ? » dit-elle — « Gilbert. » — « J'aime

« Ce nom. Quel âge as-tu ? » — « J'ai vingt ans d'aujourd'hui. »

— « Enfant ! » — « Sois ma marraine, et fêtons mon baptême,

« Car sur ma destinée un nouvel astre a lui. »

Je me taisais, tenant ses mains entrelacées,

La regardant, heureux jusques à la douleur ;

Dans ses yeux j'épiais l'ombre de mes pensées,

La rêverie au front et l'amour dans le cœur.

J'étais, sans y songer, bercé par la tempête :

Le ciel s'était couvert ; la foudre et les éclairs,

Complices innocents de ma nocturne fête,

De lueurs et de bruits peuplaient au loin les airs.

Tout à coup son baiser vint chercher mon visage,

Elle mordit ma lèvre à me faire crier

Et me dit : — « Reste ici ! j'ai grand' peur de l'orage,

« Reste ! tu m'aideras à me déshabiller. »

Elle n'eut pas besoin deux fois de le redire.

J'obéis sans me plaindre, et chaque vêtement

Qui tombait à ses pieds lui coûtait un sourire.....

Déshabiller sa belle est doux pour un amant !

Lorsqu'un nuage noir, qui cachait une étoile,

S'écarte sous le souffle et les efforts du vent,

On la voit par degrés reparaître et, sans voile,

Dorer de ses feux blonds l'acier du firmament ;

Blonde comme une étoile et cachée ainsi qu'elle,

Elle allait se montrer à mes regards ravis,

De sa nudité seule elle allait être belle,

Nue et belle, comme Ève était au Paradis !

Je la déshabillai. Sur sa neigeuse épaule,

Tout autour de son cou ses cheveux longs pleuraient,

Voluptueux, pareils au feuillage du saule,

Et mes doigts frissonnants dans leurs boucles erraient ;

Puis ma main, que suivait de près ma lèvre active,

Délaça son corset, inutile prison,

Où s'ennuyait sa gorge oubliée et captive,

Et ma bouche et mes doigts chantaient à l'unisson.

Il ne lui restait plus pour dernière parure

(Car c'en est une aussi) que ce voile léger,

Ce fragile rempart qui dans la nuit obscure

Contre les doux larcins ne saurait protéger.

Il faut que l'amour ait le charme du mystère,

Qu'il ne livre pas tout, qu'il laisse à deviner,

Et, qu'en abandonnant sa beauté tout entière,

Une femme ait encor quelque chose à donner.

De là vient la coquette. A force d'espérance

Elle croit attiser les ardeurs de l'amour;

Ne pouvant dans son cœur avoir une audience,

Les amoureux s'en vont, sans attendre leur jour.

La femme se fait tort en étant inflexible ;

Un amant lui sied mieux que ce rôle emprunté,

Car son œil, plein d'éclairs, trahit qu'elle est sensible....

Sans l'amour, je vous prie, à quoi sert la beauté ?

Selon moi, la coquette à l'avare est semblable.

L'une ne donne rien, l'autre entasse son or.

Un bien que l'on néglige, est-ce un bien véritable ?

Ils perdent tous les deux leur stérile trésor.

Du moins, l'avare meurt, il lègue sa richesse,

Ses héritiers gaîment ripaillent de son bien ;

La coquette, qui vit chiche de sa jeunesse,

Comme lui doit mourir, — qu'en restera-t-il ? rien.

L'amour, quoi que l'on fasse, est maître de la terre ;

Ses victimes pour lui sont fières de souffrir.

Malheur au cœur sans flamme et qui vit solitaire,

Comme le pâle saule, où rien ne vient fleurir !

L'homme ne pleure pas, aux abords de la tombe,

Les printemps verts, la vigne en fleur, les feux du jour,

Sa jeunesse, l'espoir qui ment, la foi qui tombe ;

Il va mourir, il meurt, il regrette l'amour.

Quels noms redira-t-on, des mers du Nord à l'Inde,

Tant que le soleil d'or sur nous se lèvera?

Vos noms chers et meurtris, Magdeleine ou Clorinde,

Juliette ou Circé ; mais le monde oubliera

Les empires détruits, les cités en poussière,

Les rois découronnés par les mains de la mort,

Tandis que vous vivrez dans la pleine lumière :

L'amour est doux, l'amour est grand, l'amour est fort.

XV

Un jour, mon médecin, vieux savant très-morose,

M'ordonnait d'être sobre et d'amour et de vin,

Me disant : « Le vin grise ; au fond de mainte rose

« Dort la guêpe. » Pauvre homme ! il me prêchait en vain :

Je vais comme un enfant, où va ma fantaisie,

J'aime au hasard, je suis mon plus mince désir.

Alida me plaisait, et je l'avais choisie

Peut-être pour l'amour, au moins pour le plaisir.

On me dira : Comment se peut-il que l'on aime

Une femme qu'on voit dans la rue en passant,

Et que le cœur épris s'allume à l'instant même?...

Le regard d'une belle est parfois si puissant !

Le cœur a ses raisons que la raison ignore ;

On aime, voilà tout. Pourquoi se demander

Ce qu'était autrefois celle que l'on adore ?

Le présent nous appelle, et tout doit lui céder.

J'oubliais que je laisse Alida demi-nue,

Qu'en chemise elle peut avoir froid, s'enrhumer ;

Je vais la mettre au lit, puisque l'heure est venue

Où chaque femme doit dormir, sinon aimer.

Voyez-la sur son lit, sauter vive et légère

Autant qu'un papillon jouant au bord de l'eau ;

Et sa couche, où Vénus préparait son mystère,

Entendez-la gémir, fière de son fardeau.

De ses cheveux épars les boucles odorantes

Entouraient son visage et l'enchâssaient dans l'or ;

Elle baissait parfois ses paupières tremblantes,

Honteuse des plaisirs qu'elle attendait encor.

Son front languissamment tombait sur sa main blanche,

De l'autre elle cachait sa poitrine à moitié ;

Le lin s'arrondissait sur l'ampleur de sa hanche ;

Ni grâce, ni beauté, rien n'était oublié !

Elle aurait, j'en suis sûr, converti saint Antoine ;

Devant tant de péchés lui qui bouda jadis,

Il aurait jeté là sa défroque de moine

Et chanté sur son âme un gai *De profundis.*

Je ne sais quel parfum voltigeait autour d'elle,

Comme une molle odeur sur les buissons fleuris.

L'amour seul lui manquait pour la rendre plus belle !

Qu'elle ne m'aimât pas, je n'en fus point surpris :

Pourtant, sans plus tarder, nos yeux se rencontrèrent,

Et dans un long regard nous nous parlions tout bas,

Et nos mains tour à tour se prirent, se quittèrent,

Et ma chère Alida m'attira dans ses bras.

Son nom, que dit ma bouche, expira sur sa bouche,

Eteint dans un baiser qui dura si longtemps,

Que, lorsque le soleil vint réveiller sa couche,

Il surprit dans le nid deux oiseaux chuchotants.

Je fermai les rideaux, sans fermer la paupière ;

Mais la lampe indiscrète, éclairant sa beauté,

Me montrait son corps blanc, tout vêtu de lumière,

Et son sein, marbre ardent, gonflé de volupté.

Eus-je tort de garder la lumière? On demande

Parfois si le toucher vaut le plaisir des yeux,

Et quelle volupté pour nous est la plus grande ?

Fantôme s'y connaît : il préfère les deux.

Il en est de l'amour comme de la fumée

D'une pipe : on veut voir son flot se perdre en l'air ;

Pour cela je laissai notre lampe allumée :

On ne sait pas aimer ou fumer sans voir clair.

Souvenez-vous, amants ! Une main vagabonde

Et folâtre, docile au caprice charmant,

Sent le frisson courir sur une forme ronde;

Une lèvre hardie, et qui mouille en brûlant,

Fait des taches de feu sur la chair irritée.

L'œil, caresse lointaine, attise le plaisir :

Il suit les bleus contours d'une veine agitée

Et les seins orageux, où gronde le désir.

Comme un serpent blessé, quand la femme en furie

Se tord sous vos baisers, vous la voyez trembler,

Ouvrir et refermer sa paupière allanguie,

Et, lasse, dans vos bras mollement onduler.

Toucher et voir, aimer ! La volupté réclame

La main, qui se promène aux sentiers les plus doux,

Et par les yeux jaillit l'amour qu'on a dans l'âme...

L'un ne va pas sans l'autre. Amants, souvenez-vous !

XVI

Chaque heure s'envolait, de myrte couronnée,

Fuyant d'un pied léger, vive comme un lutin,

Courte comme un instant, longue comme une année.

L'aube trop promptement ramena le matin.

Je la quittai. J'avais comme un soleil dans l'âme ;

Dans le lit du plaisir j'avais bercé l'amour,

Et la volupté bue au sein de cette femme

M'allongea les ennuis et les heures du jour.

— « Au revoir ! me dit-elle ; un doux baiser pour gage

« De ton retour : je t'aime et t'attendrai ce soir. »

— « Chère Alida, mon cœur ici reste en otage ;

« Il m'en faut un aussi, j'emporte ton mouchoir. »

Ce chiffon parfumé, cette fine merveille,

J'aurais pu la cacher entre mes quatre doigts,

Dans un verre mignon de Bohême, ou l'oreille

D'un enfant de deux jours, ou le creux d'une noix.

De son mouchoir coquet et de frêle batiste

La dentelle impalpable était brodée à jour :

On eût dit un caprice ou de fée ou d'artiste,

Avec l'initiale A, ce chiffre d'Amour !

— « Jette-moi le mouchoir, ma sultane, ma blonde, »

Lui dis-je. En souriant elle me le donna.

On sait combien de maux peut causer en ce monde

Un mouchoir égaré, depuis Desdémona !

Sur mon épaule alors elle appuya sa tête ;

Elle leva vers moi ses yeux cerclés d'azur,

Murmurant ce refrain que chaque amant répète :

— « Je t'aime et pour toujours ! » Est-il rien de moins sûr ?

Et d'ailleurs, c'est si long, toujours ! quand on y songe

Toujours ! c'est ennuyeux : autant se marier !

Ah ! laissez aux amants le plus divin mensonge

Que jamais bouche humaine ait su balbutier ;

Laissez-les s'abuser, puisqu'ainsi va le monde,

Se haïr ou s'aimer, et se trahir souvent !

6.

La femme est, dit Shakspeare, perfide comme l'onde,
Une onde sans repos qui change au moindre vent.
Les femmes! il n'est rien de meilleur et de pire.....
Elles se font un jeu des plus nobles douleurs,
Elles savent tromper jusque dans leur sourire,
Jusque dans leurs baisers et jusque dans leurs pleurs.
Ne les accusez pas d'être vaines, frivoles,
De n'avoir rien de vrai, sinon leur fausseté,
De mêler du poison au miel de leurs paroles ;
Elles vous répondraient : — Nous avons la beauté !
La beauté, c'est leur force ; et c'est un diadème
Plus captivant que l'or des astres de la nuit,
Que les fleurs de la terre et l'azur du ciel même ;
Et c'est pour l'éclairer que le soleil reluit.

L'amour me surprenait sans m'avoir crié : gare !
D'avance je sentais l'épine sous la fleur.
De mon cœur, dieu merci ! je ne suis point avare,
Je l'ai vite échangé contre un peu de bonheur.
Je craignais donc d'aimer, sachant bien que la flamme
Brûle, et je souhaitais ce tourment redouté :
J'avais jadis donné mon cœur ; certaine dame

(Mes premières amours) m'avait fort maltraité.

J'aimais, je m'en souviens, d'une ardeur insensée.

Ma maîtresse était belle, et j'avais nuit et jour

Dans les yeux une image, au cœur une pensée.

En moi tout était mort, tout, excepté l'amour :

Je devenais sauvage et je ne voyais qu'elle ;

Mes livres, mes amis, ma pipe, le sommeil,

J'avais tout laissé là pour être mieux fidèle.....

Songe où je m'endormis sans prévoir le réveil !

Car aimer ou rêver, n'est-ce pas même chose ?

Tout s'en va tôt ou tard, et l'amour et l'amant.

Madame, votre sein, chaude tombe, où la rose,

Plus heureuse que moi, se fane mollement,

Se fanera, comme elle, en dépit de vos larmes ;

Plus d'un amour peut-être y vint naître et mourir,

Plus d'un amant peut-être au livre de vos charmes

Trouvera fraîche encor la page du plaisir.

L'âge où les voluptés ne vous sont plus permises

Est là qui vous menace ; il n'attend pas longtemps :

L'acacia, pour livrer sa blanche pluie aux brises,

Frileux comme l'amour, ne fleurit qu'au printemps.

Le printemps de la vie, amis, c'est la jeunesse !

L'heure qui dans son vol dévore le chemin

Peut briser dans vos mains la coupe avant l'ivresse ;

Aimons vite : l'amour n'a pas de lendemain.

XVII

J'aimais à la fureur ma nouvelle maîtresse ;

Sans lui prendre le sien, j'avais donné mon cœur,

J'attendais le retour du soir avec paresse :

Bussy l'a dit, l'amour est un recommenceur.

Or, pensais-je, le Temps s'arrête dans sa route,

Il marche d'un pas lent et mesuré. Ma foi !

Le bonhomme est si vieux, qu'il doit avoir la goutte ;

On voit bien qu'il n'est pas amoureux comme moi.

Le soir revint. Jamais, si j'en ai souvenance,

Le coucher du soleil ne me sembla si beau.

Il est doux, n'est-ce pas ? d'entendre l'espérance

Gazouiller son refrain toujours vieux et nouveau,

D'être ému, de trembler, d'avoir presque la fièvre,

De croire qu'on vous aime et d'aimer, de sentir

Mille joyeux baisers vous tourmenter la lèvre

Et de vous confier aux rêves du plaisir ?

J'étais ainsi ; mon cœur était déjà près d'elle,

Par amour ou prudence il m'avait devancé,

Ou plutôt dès la veille il faisait sentinelle

A sa porte : j'étais amoureux et pressé.

Coudoyant les passants avec impertinence,

Je marchais, je courais dans la rue, en rêvant;

J'arrive..... mais l'oiseau s'était enfui d'avance.....

Ah! pauvre amour, autant en emporte le vent!

Alida du logis n'était plus locataire,

Elle l'avait quitté dans le milieu du jour;

De son cœur je cessai d'être propriétaire,

Puisqu'avec elle avait déménagé l'amour.

De l'amour tout cœur franc est l'éternelle dupe :

Nous mouillons de baisers les cheveux bruns ou blonds,

Nous brodons de désirs ton corsage, ta jupe,

Et nous laissons traîner derrière tes talons,

O femme ! notre cœur, ce servile caniche.

Pour ta frivolité tout cela n'est qu'un jeu,

Où ton œil est perfide, où ta vanité triche ;

Tu sais, sans te brûler, jouer avec le feu.

L'âme est mobile et double, et l'homme a deux visages.

L'un, fixe à l'horizon, regarde l'avenir,

L'autre voit du passé les fuyantes images ;

L'espérance est un lierre autour du souvenir.

De quelle double trame est faite notre vie ?

D'épines et de fleurs, de nuit et de soleil,

De biens que l'on regrette et de maux qu'on envie...

Et nous marchons ainsi jusques au grand sommeil.

Le bonheur en ce monde est semblable au feuillage

D'automne, que le vent disperse sur le sol.

Hirondelle envolée, Alida, bon voyage !

Car je n'ai pas le temps de te suivre en ton vol.

Lors, mon gentil sonnet me revint en mémoire :

Comme un pâle bouquet d'iris ou de jasmin,

Ou les grains détachés d'un chapelet d'ivoire,

J'en semai tous les vers aux pavés du chemin :

    « Puisque la femme est infidèle,

    Que son cœur est une hirondelle,

Qui part et brise d'un coup d'aile

Le nid de ses amours ;

Sans nous donner des airs moroses,

N'aimons rien, aimons toutes choses,

Butinons lis, verveine et roses,

Qui verdissent toujours.

Aux corolles brunes ou blondes

Laissons nos lèvres vagabondes

Courir et s'embraser,

Et nos cœurs, lascives abeilles,

Faire mourir les fleurs vermeilles

Sous le dard du baiser. »

Ainsi s'en va la vie, et tout ce qui nous charme,
Jeunesse, illusions, plaisirs, amour, espoir !
Je crois qu'au bord de l'œil il me vint une larme ;
J'avais, pour l'essuyer, emporté *Son Mouchoir*.

FIN

IMPRIMERIE PARISIENNE L. BERGER

Boulevard·Bonne-Nouvelle, 26 (impasse des Filles-Dieu, 5).